病があるから素敵な人生

けん三

GENTOSHA

心を治すカウンセリング

ＪＲ富良野駅から単線の汽車で約50分、北海道のほぼ中央に位置する南富良野町幾寅（いくとら）。高倉健の主演映画「鉄道員（ぽっぽや）」の撮影地として知られ、幾寅駅よりも映画で使われた名称「幌舞駅」の表示の方が大きい。今でも観光客が訪れるが、町自体は人口２８００人を切る過疎の町だ。

下田憲医師が、この地に「けん三（さん）のことば館クリニック」を開業したのは、平成16年のこと。「生きたお金の使い方をしたかった」と話すように、建物はもともと町の人が集まって小さなイベントを開けるようにと下田院長が私費で建てたもので、「けん三のことば館」と名付けていた。

ところが、それまでいた町の診療所を後継に譲り、ことば館の建物を利用して医院を開業することになった。「だからスポットライトのある不思議な医院なんですよ」。建物の名前も引き継ぎ、知らない人には「『言葉の訓練をしているところですか』と聞かれたりもします」と楽しそうに笑う。

患者の「心の声」

「ひたすらに耐え、ひたすらに待つというとっても深い愛情が有る」

「憎み合いうばい合う時、何かがほろびる。愛し合い、ゆるし合う時、何かが生まれる」

ユニークな医院名の通り、建物に一歩入ると、もうそこから下田院長の言葉があふれる。診療所のいたるところに、言葉が掲げられているのだ。

「患者さんとの触れ合いでいただいたもの」と話すように、壁に掲げられた言葉はすべて患者の「心の声」だ。「読みながら、泣いて帰る人が何人もいる。すべてを自分に置き換えているんでしょうね」

言葉は1カ月に2度換えている。月曜日の朝3時に起きて墨をすり、前の日までに整理しておいた言葉を4時ごろから書き始める。「患者さんの言葉をメモしておいて、その心を言霊に換える。いい言霊に換えることができたときはうれしいですね」と笑顔を見せる。

下田院長は言葉を書くだけでなく、診療所の7カ所に置く生け花も自分で生ける。それだけで1時間半もかかるそうだが、「患者さんも楽しみにしているので」ずっと続けている。「患者さんを2時間待たせることもありますが、言葉と生け花のおかげでしょうか、不満を言う人はいませんね」

目指すは「安上がりの医療」

下田院長の治療方針は名刺に自筆で記されている。「悪い薬は用いません。悪い治療も選びません。体を癒すだけでなく、心の癒しもめざします」。東洋医学と西洋医学を併用し、目指すは「安上がりの医療」だ。

その方針に従い、毎日40人ほどの患者に無償で行っているのが鍼(はり)治療だ。手

自らもとても楽しんで演奏している。重い楽器を抱えるので、健康法でもあるのだという。

幾寅に開業して丸18年。医院のなかにある「屋根裏部屋」に一人で住んでいる。ここ幾寅を終の棲家と決め、体が動く限り診療を続ける覚悟だ。

「今、とても満足している。目一杯の医療をやっているから」。下田院長はしみじみとそう話す。一方で、「患者さんが慕ってくれる。こんないい生活をして許されるのか」と思うほど幸せを感じている。だからこそ、「自分に思い上がりがないか、問い直している」と自らを戒めることも忘れない。

「死ぬまで、どれだけ言葉を残していけるかな」。取材の最後にそんなことを口にした。下田院長が診療を続ける限り、患者の「心の声」はこれからも無限に増え続けるに違いない。

冊子「第2回　日本医師会赤ひげ大賞　かかりつけ医たちの奮闘」より（産経新聞社提供）

まえがき

山医者として静かに、埋もれて生きようと決めていた私に、昨年（二〇一四年）突然、「赤ひげ大賞」なるものが与えられると聞き、思いもよらないことに驚きました。

この賞は日本医師会という権威ある団体が選ぶもので、私には分不相応と、一度は辞退を申し出ました。しかし、長年の診療の中で紡ぎだされた多くの詩(ことば)達が、賞を受ける方に私を翻意させました。ささやかに周りに届けていた詩(ことば)達でしたが、これを機に、もっと多くの方々に届けなさいと、言われたように感じたのですね。

受賞をきっかけに、ＮＨＫ総合テレビ『目撃！ 日本列島』でも、私のこのささやかな活動が紹介されましたが、本書に掲載されている「亡くなった人の霊魂(たましい)は……」の詩(ことば)は、そのときに取り上げられた一編です。

この詩(ことば)の元となるものは、あの東日本大震災の三か月くらい後に、悲嘆を込めて書きました。更にそれからも、さまざまな災害や戦乱等で、多くの大切な生命が失われて来ました。その度に、遺(のこ)された人達の哀しみや切なさに共感し、涙して来たのは、私だけではなかったと思います。

でもいつか、亡き人を思い続ける心には、周りの全てに向けられる限りない優しさが、寄り添うように生まれることに、気づかされたのです。

そして最終的に、この詩(ことば)となりました。

人間って本当に、すてきだと思います。亡くなった人々の霊魂(たましい)は、無意味に消え去るのではなく、遺された生命を支え励ましながら、温かく優しい心を呼び起こします。

そうして霊魂(たましい)も人も価値有る存在に変わり、確かに生き続けるのだと、今は分かります。

それを見据えながら、これからも歩みたいと願う私です。

二〇一五年四月十三日

けん三(さん)

病があるから素敵な人生　目次

心を治すカウンセリング　3

まえがき　10

愛しあう　17

許しあう　43

支えあう 85
癒しあう 127
生かしあう 165
あとがき 204

装幀　多田和博
帯写真　産経新聞社
編集協力　㈱アイ・ティ・コム
ＤＴＰ　美創

愛しあう

執着は
せずにひたすら
愛せたら

すてきだろうね
むずかしい
けど

けんじ

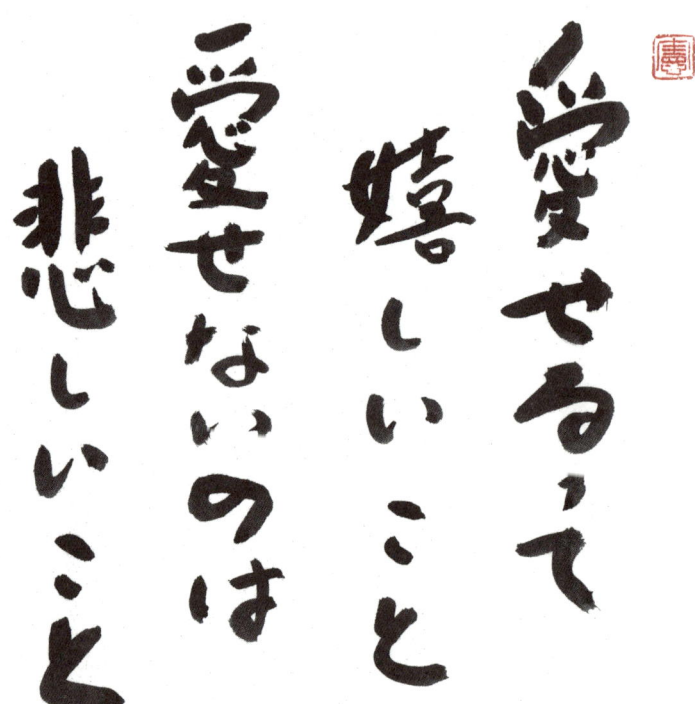

愛せるって
嬉しいこと
愛せないのは
悲しいこと

あなたが
人を愛せるのは
あなたもだれかに
愛されて来たから

けんじ

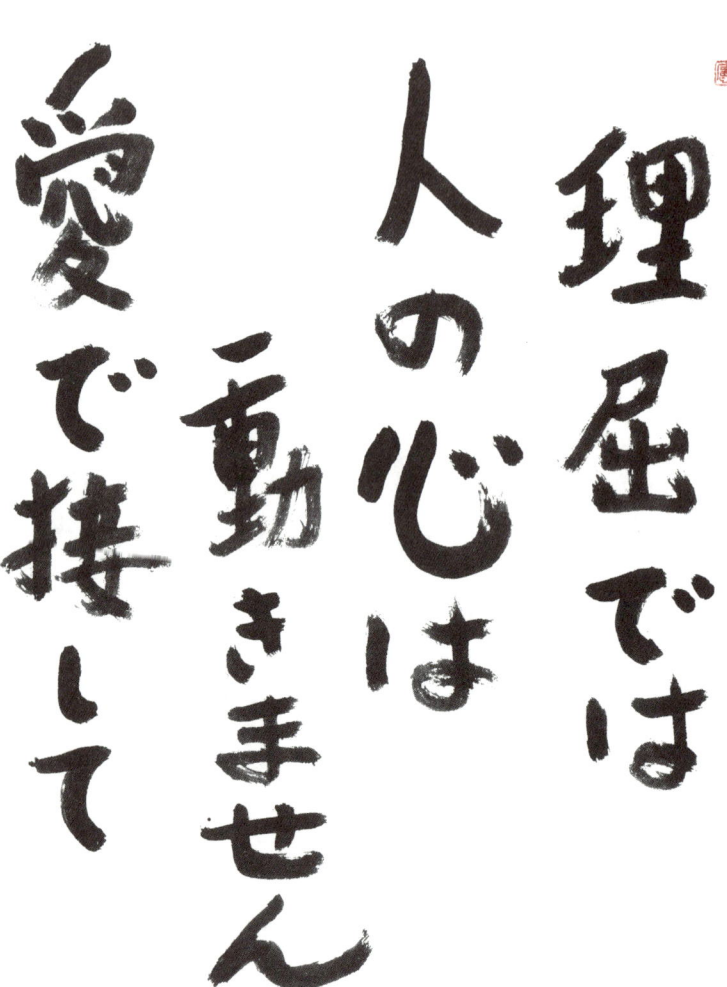

理屈では
人の心は
動きません
愛で接して

みませんか
情（じょう）で接して
みませんか

けんじ

愛するとはね
時と場所とを
分かち合うこと

とは言えど
共にだらだら
存るのではない

けん三

ささやかな
幸せひとつ
欲しいなら

まずそばの
人を笑顔に
することですね

けんこ

愛する人を
ずっと大事に
するためには

時々力を
抜くと
良いよね

けんこ

求めれば
いつか必ず
出会えます
ひたむきに

あなたを愛して
くれる人
あなたが愛して
行ける人

けんこ

ひたむきに
愛することで
豊かになって
愛されるだけ

すてきになるね
だから人生
味わい深い
けん三

愛が無ければ
闇のままです
ひたむきに

生きて求めて
愛する時に
光（ひかり）は見えて
くるのです

けん三

そのままの
あなたで良いよ
これからも
ひたむきに

まわりを愛して
生きて
行こうね

けんこ

長い苦労を
越えて来て
人が好きだと

今言える
あなたの笑顔は
輝いている

けんじ

愛する人を
失うことは
病（やまい）でさえも
辛く悲しい

だからやめてよ
戦（いくさ）で命を
奪いあうのは

けんじ

許しあう

嫌だと思う
あの人も
好きだと思う

この人も
みんな居るから
この世だね

けんじ

嫌だねと
思ってた人を
好きになれた

あの時から
人生少し
広くなったよ

けんじ

にくしみを
はなれて
すべてを

うけいれた
あなたはとても
かがやいている
けんじ

いがみ合うのは
もうやめようね
互いに深い

意味有って
この世を生きる
いのちなんだよ

けんこう

人の幸せ
ねたむより
ともに喜び

会えた時
人生深く
豊かになった

けんこう

他人を責めて
いた時よりも
自分の落ち度に

気づいた時に
人生少し
深まりました

けんじ

不要な人など
この世にいない
あなたと私

意味有って
確かに今を
生かされている

けんこう

悪人なんて
この世にいない
悪い役目を

与えられて
きっとそうだね

けんじ

意味無く生きて
いる人はない
意味無く死んで

行く人もない
みんな大事な
この世の旅客

けん三

うらやむ事も
いばる事もない
あの人には
あの人の

私には私の
人生が
与えられている
けん三

みずからの
おろかさみにくさ
ほんとは知ってる

なのに忘れて
他人（ひと）を責めてる

けんじ

さみしいね
他人(ひと)が私を
こばむより

私が他人を
こばんでいる時

けんこう

それぞれが
ひたむきに
生きていながら
傷つけたり

傷つけられたりする
切ない事だね

けんじ

目の前の互いを大事に今生きる

そうと分かって
いるけれど
ほんとにそれが
むずかしいなあ

けんじ

恨んだり
憎んだりして
いた時　私

好い顔で
きっと歩いて
なかっただろな

けん三

かげ口は
不平不満の
自己が言わせる

ひたむきに
今日を生きれば
ことばやさしい

けんじ

口先で
人をあざむく
ことはできます

でも神仏は
真心だけを
見すえています

けん三

大勢を
熱狂させる
いつわりが有る

たった一人に
灯りをともす
真実が有る

けんじ

耐えるのではなく
待つのです
恨むのではなく

赦（ゆる）すのです
そこには深い
愛が有ります

けんこ

ひとつだけ
力（ちから）を与えて
いただけるなら
世の憎しみを

愛へと変える
そんな力を
私にください

けんじ

郵 便 は が き

お手数ですが、
切手を
おはりください。

151-0051

東京都渋谷区千駄ヶ谷4-9-7

(株) 幻 冬 舎

「病があるから素敵な人生」係行

ご住所 〒□□□-□□□□ Tel. (　　-　　-　　) Fax. (　　-　　-　　)			
お名前	ご職業		男
	生年月日　　年　月　日		女
eメールアドレス：			
購読している新聞	購読している雑誌	お好きな作家	

◎本書をお買い上げいただき、誠にありがとうございました。
質問にお答えいただけたら幸いです。

◆「病があるから素敵な人生」をお求めになった動機は？
①　書店で見て　②　新聞で見て　③　雑誌で見て
④　案内書を見て　⑤　知人にすすめられて
⑥　プレゼントされて　⑦　その他（　　　　　　　　）

◆著者へのメッセージ、または本書のご感想をお書きください。

今後、弊社のご案内をお送りしてもよろしいですか。

（　はい・いいえ　）

ご記入いただきました個人情報については、許可なく他の目的で使用することはありません。

ご協力ありがとうございました。

支えあう

他のために
なみだ流せる
それだけで

じゅうぶん
やさしい
あなたです

けんじ

より苦しんでる
人の為に
尽くしていると

自分の病（やまい）を
忘れる事が有る
ほんとだよ

けん三

していただいて
ありがとう
させていただき
ありがとう

心から
思ってやさしい
笑顔になろう

けんじ

自分の喜び
だけを追ったら
本当の

幸せには
辿りつけない

けんじ

ひとりじゃないよ
だいじょうぶ
今のあなたの

悲しみを
分け合う人は
きっといるから

けんじ

人のために
生きることができる
世のために
生きることができる

天のために
生きることができる
それが人間
けん三

自分が一番
悲しい時に
他（ひと）のお世話を

始めたあなた
とっても深い
笑顔です

けんじ

あなたの悲しみ
苦しみを
そっと見守る

目は有るのです
今のあなたに
見えてないだけ

けん三

ずいぶんと
多くの御方に
支（ささ）えられて

ここまで来たよ
ありがたいなあ

けん三

それぞれに
足りないところが
与えられ

それがすてきな
個性を作る

けんじ

喜びと悲しみ
分け合う
人さえあれば

深く
豊かに
歩んで
行けるよ

けんじ

やっぱり独りで
生きてはいない
そばに居る

あなたの笑顔に
支えられてる

けんじ

大切に
自分の命を
生きようね

他を支え
見守る力は
そこから生まれる

けん三

そんなにも
やさしい心を
いただいて
この世にあなた

来たんだよ
忘れてないで
思い出そうね

けん三

あなたと私が
出会うとき
心もいっしょに

出会えたら
良いね

けんこ

強がらなくても
だいじょうぶ
こんな小さな

あなたと私
今回もこうして
生かされている

けん三

仲の良い
夫婦の顔は
いつか似て来る
互いを見つめ

歩むからだね
急がずとも良い
一生かけて
夫婦になろう

けん三

一生かけて
親子になろう
一生かけて

夫婦になろう
急ぐことない
ゆっくりで良い

けんこう

老いてなお
私が子らに
できること

元気で長生き
することだなあ

けんじ

体が冷えて
しまったあなた
あたたまって
くださいここで

心が冷えて
しまったあなた
あたたまって
くださいここで

けんじ

癒しあう

病が有っても
豊かな人生
病（やまい）が有るから

素敵な人生

けんこー

癒える力は
すべての人に
ほんらい与え

られている
思い出そうね
この場所で

けんこ

たくさんの
涙を流して
きたからきっと

すてき
なんだね
あなたの
えがお

けんこ

今日の涙も
苦しみも
きっとより良い

明日のために
与えられて
いるんだね

けん三

片方だけでは
不充分
生きるには

涙も笑いも
必要です

けんじ

悲しみや
苦しみ越えた
その先に
本物の

歓び有ると
気づいてますか

けんじ

悲しみと
苦しみいくつも
越えてきて
神仏の

愛の深さを
しみじみ知った

けんじ

明日（あした）はきっと
良い日になるは
意味有って

今日の苦労を
いただいている

けんじ

いつかまた
笑顔のあなたは
戻って来るよ

泣いている
今のあなたに
見えてないだけ

けんじ

大変だけど
えがお
で生きてる

あなたをみんな
大好きです
けんじ

切なさに
耐えて情（なさけ）が
深くなり

困難を
越えて絆が
強くなる

けん三

苦労が有るから
豊かな人生
悩み無く

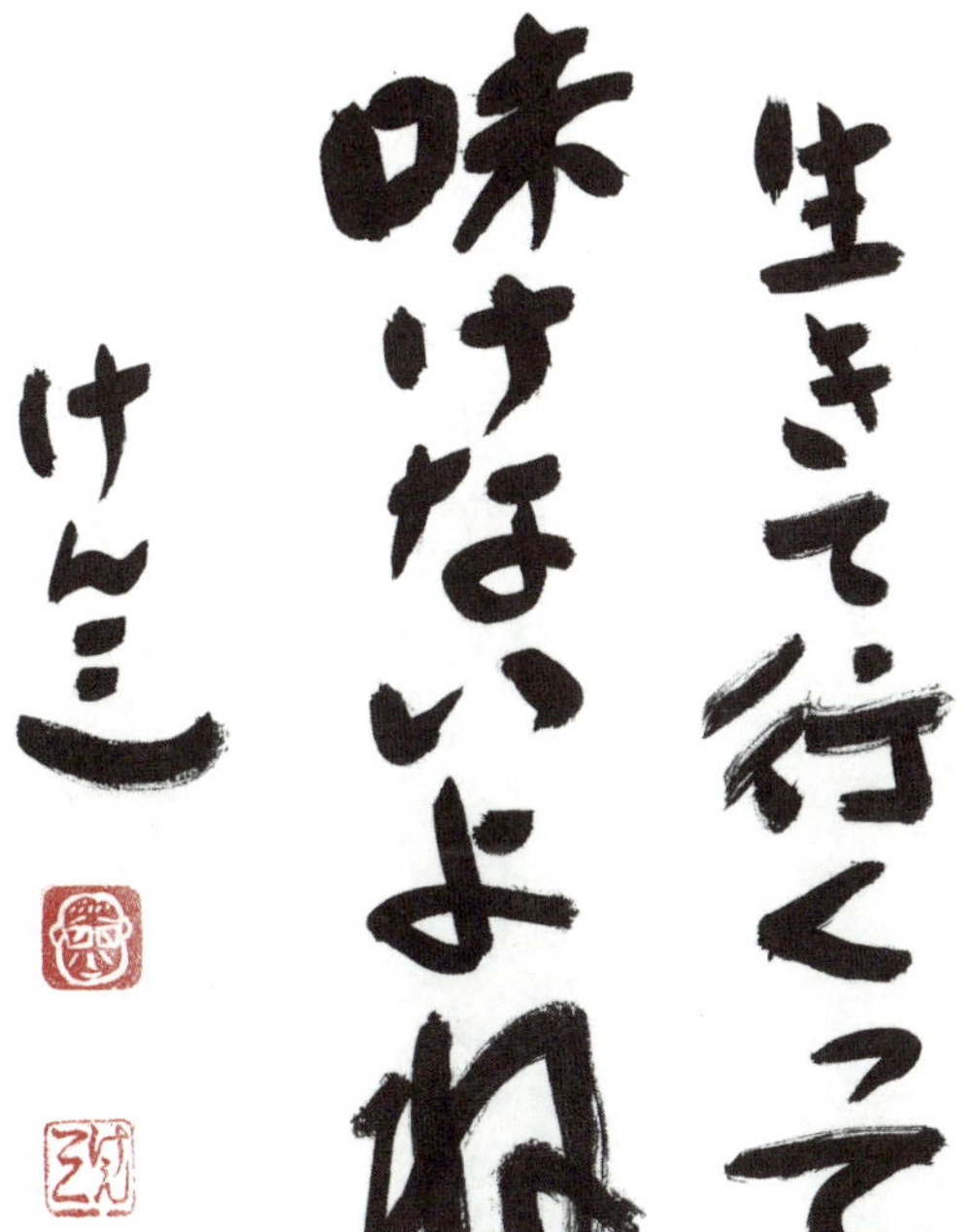
生きて行くって
味けないよね

悲しみの
記憶は消える
ことはなくても
人はまた
笑顔で生きる

ことはできます
悲しみを
知った分だけ
深い笑顔で

けんじ

弱く小さく
生まれ来て
風雨や寒暑に
育てられ

切なく苦しい
思いして
とてもすてきな
人生だよね

けん三

悲しみを経て
本当の
喜びを知り
苦しみを通って

真の幸せに目ざめた
しみじみと
味わい深い
人生だなあ

けんじ

楽な道
ばかり歩めば
だらけてしまう
そんな私を

いましめようと
きっとこの坂
与えられてる

けん三

だいじょうぶ
いつかわかるよ

神仏は
弱く貧しい
人に寄り添う

けんじ

なにをくよくよ
なやんでいるの
ひたむきに

今(いま)を生きれば
良いんじゃないの

けん三

生かしあう

人さまに
めいわくかけず
やせがまん

することもない
そんな老い方
すてきだなあ

けんじ

かなえられ
なくとも良いさし
夢を追い

歩いて行けば
幸せだから

けんじ

人生で
何かなさねば
ならないと
思えばとても

苦しいものだ
生きぬいて
悔いが無ければ
それだけで良い

けん三

なりふりかまわず
生きてても
ひたむきに
歩いてる時

人間は
とっても
すてきに
見えるものです
けんじ

何かをお願い
したくて
祈っているのでは
ありません
ただ、私の

小さなこの生命を
神仏にみつけて
いただきたくて
お祈りして
いるのです
けんじ

走らなくても
良いんだよ
今のあなたが
生きてるそこ走

あせらず
気負わず
歩こうね
けんじ

頂上を
きわめれば後は
下るだけ

一生山を
登って行きたい
私です

けんじ

生き方下手と
言われようとも
正直に

そしてすなおに
生きれば良いね
けんじ

必要なだけを
いただけばよい
歩かされるままに
生きればよい

そのあたりまえが
むずかしいね
ほんとうに

けんじ

多くの事
てがけて生きるも
良いけれど

一つ事
つらぬき通す
すてきな人生

けん三

いいわけ上手に
生きるより
あなたはあなたの

そのままで
すなおに歩けば
良いのです

けんこ

地位も名誉も
お金も要らない
私たち

神(しん)仏(ぶつ)に
いつも
みまもられてる
みすえられてる

けんじ

有りあまる
財に囲まれて
卑しく生きる
人もいる

貧しくとも
凛と
生きてる
あなたが好きです
けんじ

ビリがいるから
一等もいる

神仏は
等しく皆を
見守っている

けんこ

雄弁で
なくても心は
届きます

ひたむきに
とつとつ語る
あなたが
良いなあ

けん三

たれも気づいて
くれないと
思っているかも
知れないが
ひたむきに

生きるあなたを
神仏は
いつも静かに
見守っている

けんこう

どんな形で
生きるがでなく

どんな心で
生きるかだよね

けんじ

いつか私が
目を閉じる時
涙を流して
くれる人が

一人だけでも
いるように
どうぞ生かして
ください今を

けんこ

亡くなった人の
霊魂（たましい）は消えない
想い続ける

私達の
優しさの中にほら
今も生きてる

けん三

あとがき

医師として四十年ほどを、離島、過疎地、僻地で過ごしてきました。しかしそこで、何ができたのだと問われると、非力だった自己を恥じるばかりです。むしろ、人間として小さく弱かった私を何とか育てようと、天が与えてくださった辛苦が多かったと、しみじみ思います。

それでも今やっと辿り着けたのは、出会わされる方々と、日々の悲しみ苦しみに涙し合い、喜びを素直に分かち合う、そんな世界なのかも知れません。

三年前、六十五歳の誕生日を、奇しくも金環日食の下で迎えました。それは天から人間に示された、大いなる愛の契りの金色のリングでした。こんな小さな私も、ちゃんと愛されていたのですね。

感謝し、お返しを模索しながら歩む中でも、すてきな笑顔で生きる仲間の、幾人かを亡くす悲しみがありました。新たな出会いの喜びも、またありました。

そしてようやく、感じるようになって来ました。私達の喜びや悲しみ、とりわけ「弱さ」や「はかなさ」の傍にそっと、しかし確かに寄り添ってくださっている、大きな力を。

一方この歳まで、未熟なまま生きて来た自己故に、傷つけた多くの人達の顔も目に浮かびます。そんな一人一人に心の中で詫び、その幸を祈り、これから出会わせていただく、多くの方々へ微力を尽くすことを償いとして、歩まねばと思っております。

この「言霊集」が皆様の、ささやかな心の糧となってくれますように……。

二〇一五年四月十三日　けん三

けん三（下田憲）

一九四七年、埼玉県生まれ。長崎県佐世保市で育つ。高校卒業後、約十か月間西日本を放浪。翌年、北海道大学医学部に入学。大学紛争期を経て、七四年卒業。四年間の研修の後、七八年から五年間、長崎県平戸に近い離島の公立病院に勤務して病院の再興を果たし、八三年、北海道の過疎地の公立病院へ。さらに九六年、無医地区になった南富良野町幾寅（映画『鉄道員』の舞台）の町立診療所へ。

この間、東洋医学と心療内科を双軸とする独自の診療形態を確立する一方、九八年頃から墨書で癒しの言霊をしたためはじめ、二〇〇〇年、その常設展示館「けん三のことば館」開設。〇四年、「ことば館」をそのまま「けん三のことば館クリニック」に改修して独立、現在まで自称〝山医者〟を続けている。一四年、これまでの地域医療へのユニークな取り組みが評価され、日本医師会「赤ひげ大賞」を受賞。同年十二月、ＮＨＫ総合テレビ『目撃！日本列島』でも「ことば」の数々とともに、青年時代から得意のアコーディオンを生かすなど、患者の心に寄り添った診療活動が紹介された。

〒０７９‐２４０３　北海道空知郡南富良野町字幾寅６１７‐22
けん三のことば館クリニック

病があるから素敵な人生
2015年7月10日　第1刷発行

著　者　けん三
発行人　見城 徹
編集人　福島広司

GENTOSHA

発行所　株式会社 幻冬舎
〒151-0051　東京都渋谷区千駄ヶ谷4-9-7
電話　03(5411)6211(編集)
03(5411)6222(営業)
振替00120-8-767643
印刷・製本所　図書印刷株式会社

検印廃止

Printed in Japan
ISBN978-4-344-02787-9　C0095
幻冬舎ホームページアドレス　http://www.gentosha.co.jp/

この本に関するご意見・ご感想をメールでお寄せいただく場合は、
comment@gentosha.co.jpまで。